讲个故事给你听

珠海红色故事集

中共珠海市委宣传部 主编
珠海传媒集团
珠海杂志社有限公司 出品

五洲传播出版社
China Intercontinental Press

珠海的红色记忆

《讲个故事给你听——珠海红色故事集》以发生在珠海这片土地上的真实历史为素材，撷取了人民反抗帝国主义侵略以及在中国共产党领导下民族独立和人民解放的斗争中具有代表性的10个故事。借助生动的漫画，让这些英勇事迹深入人心、代代流传，并激励一代又一代青年不忘初心、牢记使命，将革命的旗帜接过来、传下去。

珠海虽然是一个年轻的特区城市，但由于地处珠江口西岸又紧邻港澳，历史上民族和阶级矛盾尖锐、复杂，革命斗争风起云涌。近代史上，珠海发生了很多可歌可泣的事，涌现了很多英勇无畏的人，这是城市的宝贵精神财富，也是党史教育和革命理想教育最生动的教材。

红色故事传家远，初心不忘继世长。这10个故事只是革命征程中千千万万首英雄之歌中的沧海一粟，我们谨献上这一朵小小的浪花，以此弘扬光荣传统，赓续红色血脉。

① 解密白石街 5

② 林伟民——从『侍仔』到共产党员 23

③ 苏兆征的遗嘱 39

④ 杨匏安——死可以，变节不行！ 55

⑤ 一面农民自卫军军旗 71

⑥ 张玉阶声震新加坡法庭 85

⑦ 珠海第一个党支部 99

⑧ 南屏抗日先锋队 115

⑨ 『桂山舰』抢滩桂山岛 131

⑩ 古元——刀笔人生 145

No.1 第一个故事

解密白石街

近代中国反抗外国鸦片贩子侵略的第一枪

第一个故事 解密白石街 近代中国反抗外国鸦片贩子侵略的第一枪

鸦片战争前，许多装载着鸦片的外国船只入侵、靠泊在淇澳岛金星门海域，伺机上岛囤货，如入无人之境，并向中国贩卖鸦片。南中国海的这一处交通要道上，暗流涌动。

1833 年 8 月 7 日，英国鸦片趸船再次非法在淇澳岛登岸，他们搭棚、修船，肆意嚣张的行为引起了淇澳岛村民的强烈愤怒。

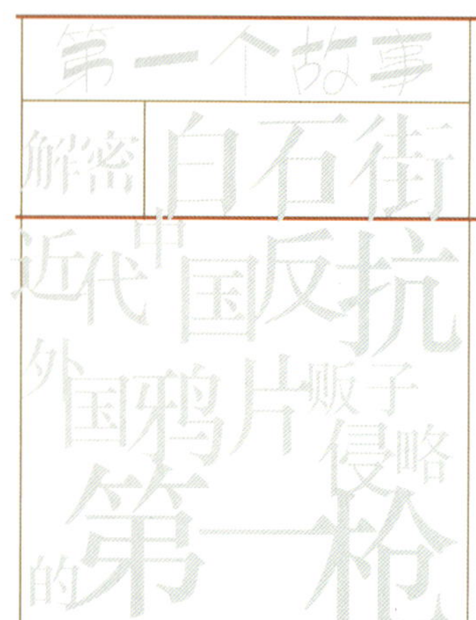

勇敢的淇澳岛村民与入侵的英国鸦片商贩抗争的事件不断发生，岛民的怒火在日益紧绷的局势中一天天升级。

1833 年 8 月 17 日，100 余名淇澳岛村民驱赶英舰，收缴岸上的物品，与手持洋枪的鸦片商贩展开了激烈的斗争。

第一个故事

解密白石街

近代中国反抗外国鸦片贩子侵略的第一枪

英国鸦片商贩不仅不退出淇澳岛，反而抓走一名村民，并将他监禁在趸船上。

9月7日，淇澳岛村民父子三人出海贩鱼，遭到洋人强买物资，其中一人还被推进海里身亡。

第一个故事
解密 白石街
近代中国反抗外国鸦片贩子侵略的第一枪

这是我家的牛！这是我家的牛啊！

1833 年 10 月 13 日中午，英国鸦片商贩等洋人再次进村强买物品，还蛮横放枪伤人，抓走一位村民，抢走 4 头黄牛。

村民苏上品等人发现后，英勇反击，并将偷牛的洋人抓获，带回村内。

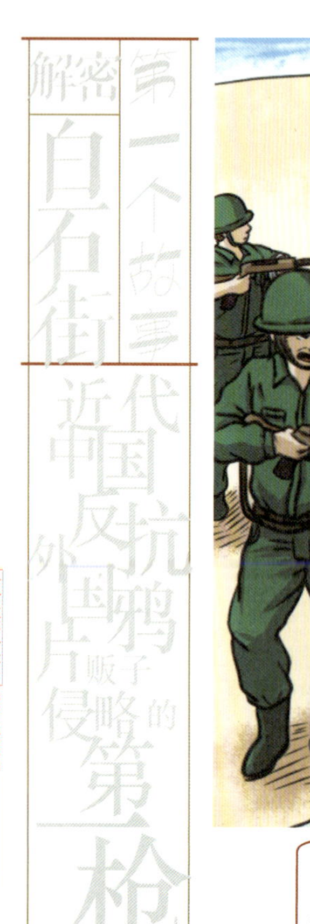

当天下午，恼羞成怒的英国鸦片商贩纠集起50多名洋人涌至村内寻衅滋事，村民操起农具，奋起反抗。

第一个故事

解密白石街

近代中国反抗外国鸦片贩子侵略的第一枪

洋人再次开枪伤人，捉拿村民。鸦片商贩三番五次的野蛮行径终于激怒了村民，大家协力打倒了一个洋人，并将他戳伤，最后洋人殒命。

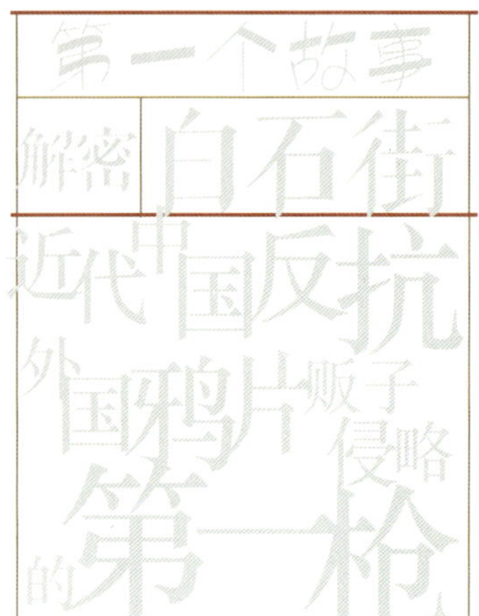

此村不肯顺从，应即覆其巢穴！

面对村民们英勇的反抗行为，英舰队决定疯狂报复，纠集所有武装驳艇直扑淇澳村。

在“海斯夫人”号英船船长赫克托的指挥下，洋船向岸上施放枪炮，轰击房屋，妄图摧毁岛民们的家园和斗志。

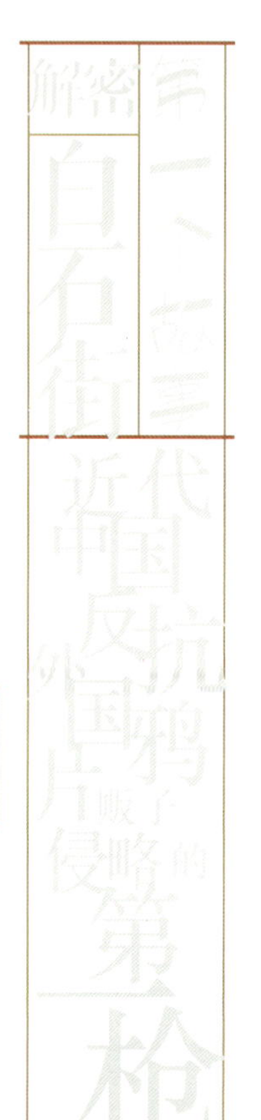

英船自恃强大的枪炮，向村庄逼近。淇澳村民尽管人少力薄，但早已准备好了火器。敌船刚一靠近，岸上村民众炮齐发，誓死奋战。

原本想当然能轻取豪夺的英船被打得无法招架，不得不举白旗上岸谈判。

最终，洋人上岸请求私和，并赔偿白银 3000 两。

淇澳岛村民用赔偿的银圆补助受伤村民、修缮被毁坏的房屋。为了让人们记住这次胜利，村民还用赔款铺建了一条约两公里长的花岗岩“白石街”。

第一个故事

白石街

解密近代中国反抗外国鸦片贩子侵略的第一枪

淇澳岛村民打败英国舰队的故事至今仍在村民中口口相传，进一步发现的史料也逐步证实，正是淇澳岛村民打响了近代中国反对外国鸦片贩子侵略的第一枪。今天，历经100多年的白石街依然诉说着淇澳岛村民武装抗英的英勇和护卫家园的质朴情怀。

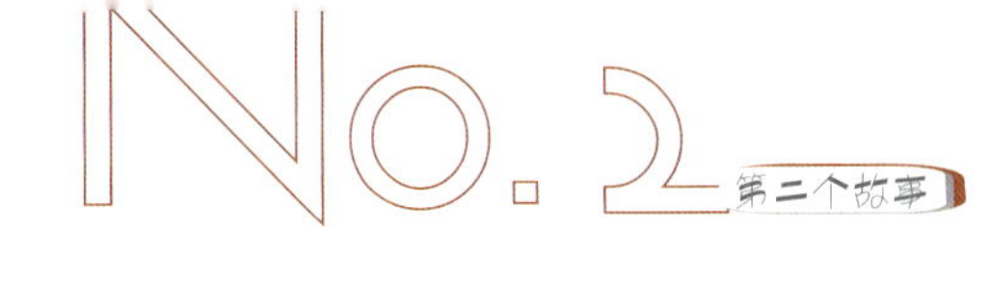

从"侍仔"到共产党员

林伟民

中国工人阶级的优秀儿女

第二个故事 林伟民 从"侍仔"到共产党员

1887年，林伟民出生在珠海三灶鱼月村一个贫苦农民家庭，幼年跟着勤劳忠厚的父亲种地，常和姐姐去海边捕鱼抓虾贴补家用，早早体味了维持生计的艰辛。

迫于生计，19 岁的林伟民去香港干苦力谋生，在外国轮船上做最底层、最辛苦的工作——侍仔。在苦难的磨砺中，他渐渐懂得了革命道理。

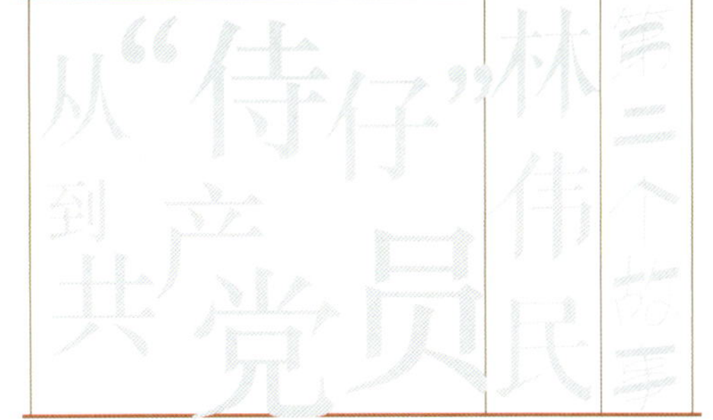

第三个故事

林伟民 从“侍仔”到共产党员

几年后，他从“侍仔”成长为海员。在一次远洋航行中，他结识了孙中山先生，深受他的革命思想影响，理想在年轻人的胸中如海潮般激荡着、翻滚着。

1921 年 3 月 6 日，中华海员工业联合总会在香港成立，林伟民被选举为干事会干事。1922 年 1 月 12 日下午，香港海员毅然举行了历时 56 天声震内外的总罢工。

林伟民始终站在抗争第一线，组织指挥大罢工，迫使港英当局最终接受香港海员的正义要求。这次罢工的胜利，开启了中国工人运动的新纪元。

香港海员罢工的成功极大地激励了上海的工人。1922年7月，林伟民担任中华海员工业联合总会上海支部（上海工会）会长，领导开展上海海员大罢工。罢工历时21天，取得了胜利。

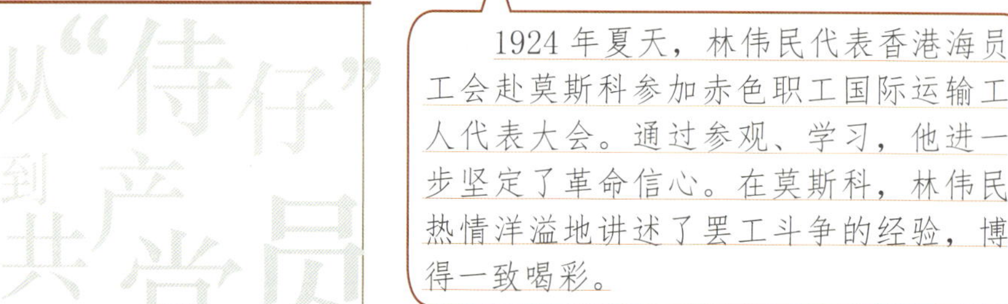

第二个故事

林伟民 从"侍仔"到共产党员

1924 年夏天，林伟民代表香港海员工会赴莫斯科参加赤色职工国际运输工人代表大会。通过参观、学习，他进一步坚定了革命信心。在莫斯科，林伟民热情洋溢地讲述了罢工斗争的经验，博得一致喝彩。

林伟民立场坚定、勇敢无畏，旅俄党组织认为他已经具备一名共产党员的条件。在莫斯科，林伟民毫不犹豫地加入了中国共产党，成为外洋广东海员中第一个入党的工人同志，也翻开了人生中又一新篇章。

第二个故事

林伟民

从"侍仔"到共产党员

1924年秋天，林伟民接到组织指示，回广东负责海员工运和运输系统工会统一运动。在林伟民的倾力支持和缜密领导下，盐船工人、北江货运工人的罢工都取得了胜利。

1925年5月7日，在广大工人群众中享有崇高威望的林伟民当选为中华全国总工会第一任执行委员会委员长。

五卅惨案后，林伟民、苏兆征等在广州发动沙面洋务工人和香港工人联合反帝政治大罢工，这就是中国历史上规模最大、时间最长的震惊中外的省港大罢工。

林伟民承担起筹集罢工工人的粮食和生活用品等艰巨的工作，保证了六七万逗留在广州的罢工工人的食宿无忧。

为筹措罢工经费、安排接待工人、组织工人纠察队，林伟民夜以继日地工作，终因腿部骨结核恶性复发，再次病倒。

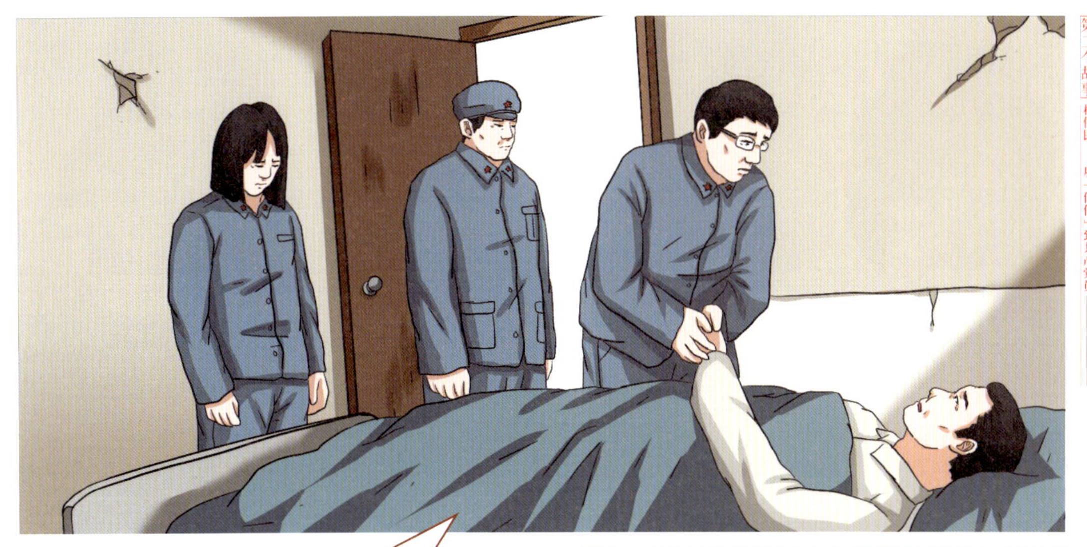

身卧病床的林伟民依然在关心、指挥罢工。他历经3次手术，终因医治无效，于1927年9月1日病逝。广州盐船工人们冒着生命危险，集资安葬了他的遗体。

新中国成立后，林伟民的遗骨移葬于广州银河革命公墓，供后人凭吊。他是中国工人阶级的优秀儿女，是中国早期工人运动的杰出领袖。

No.3 第三个故事

苏兆征的遗嘱

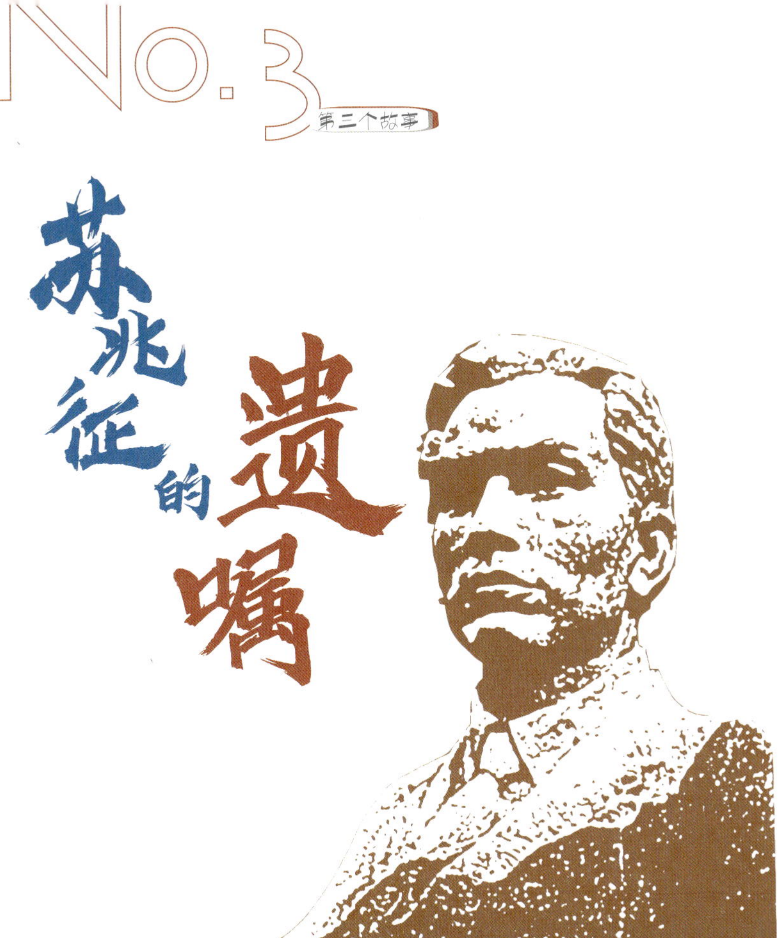

第三个故事 苏兆征的遗嘱

1885年，苏兆征出生在珠海淇澳岛一个贫苦农民家庭。18岁赴香港外轮谋生，曾随船到过苏联，目睹了十月革命的胜利，开始接受马克思主义。

1922 年，香港海员大罢工爆发，苏兆征被选为罢工总办事处总务部主任和谈判代表之一。

在长期的斗争中，苏兆征认识到，只有共产党才真正与工人阶级心相连手相牵。1925 年，在北京的一次全国进步力量代表大会期间，他正式向李大钊提出申请，加入中国共产党。

1925年，省港大罢工在广州和香港同时爆发，苏兆征担任罢工委员会委员长，他坚定、机智、廉洁、勇敢，赢得了工人们的信任。

苏兆征的遗嘱

第三个故事

第三个故事 苏兆征的遗嘱

1926年，党组织安排苏兆征赴武汉出任市政府委员会委员，面对中外反共势力的军事包围和经济封锁，苏兆征深入工人群众，亲自主持起草了《劳动法》，维护工人的利益。

1927年，蒋介石集团公开叛变革命，中国革命形势急转直下，武汉驻军非法强占、搜掠全国总工会，苏兆征挺身而出，向当局提出抗议。

苏兆征的遗嘱

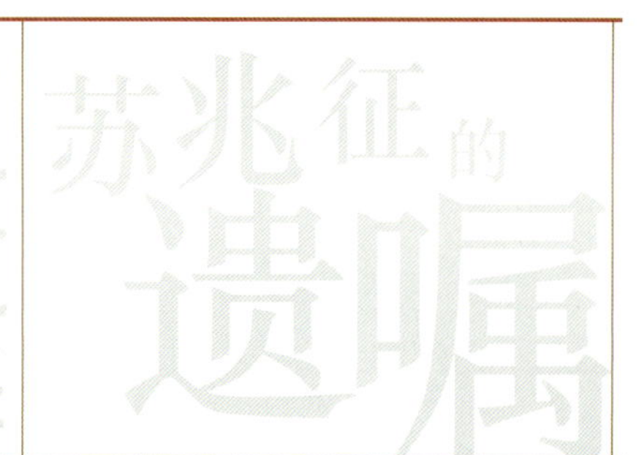

随着反革命势力日益嚣张，为保存革命力量，苏兆征将全国总工会的一些干部转移到别的地方工作，同时果断地将劳工部10余万资金全部作为救济款分发给武汉失业工人。

面对国民党反动派的屠杀政策，苏兆征的工作转入地下，继续领导、发动工人运动，配合南昌起义。

1927 年 8 月 7 日，中共中央召开紧急会议，纠正了右倾机会主义错误，选举新的中共中央临时政治局。苏兆征当选为常务委员会委员，继续领导全国总工会的工作。由于中共中央机关将从武汉迁往上海，苏兆征不顾个人安危，往来奔走于上海和武汉之间。

1927 年 11 月会后，根据中央关于举行武装暴动的指示精神，苏兆征与张太雷共同研究和制定了关于举行广州起义的计划。

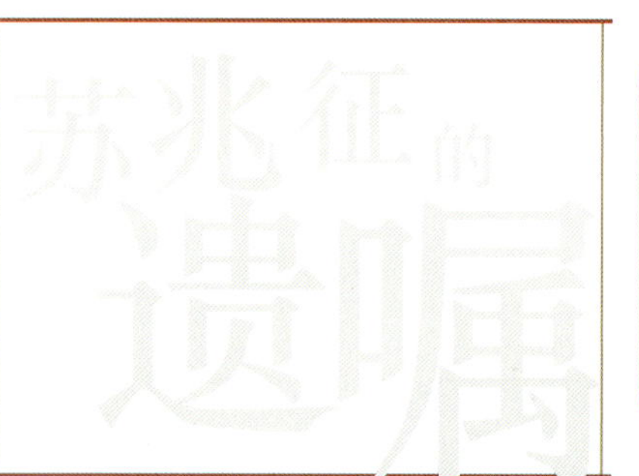

1928年3月，苏兆征赴苏联参加共产国际第六次大会等重要国际会议，介绍了中国人民在中国共产党领导下艰苦卓绝的革命斗争。7月，中国共产党第六次全国代表大会在莫斯科举行，苏兆征当选为中央委员和政治局常务委员。

艰苦严酷的斗争环境，长期忘我的紧张工作，苏兆征终于积劳成疾，但他不顾医生和同志们的劝阻，毅然抱病回国。

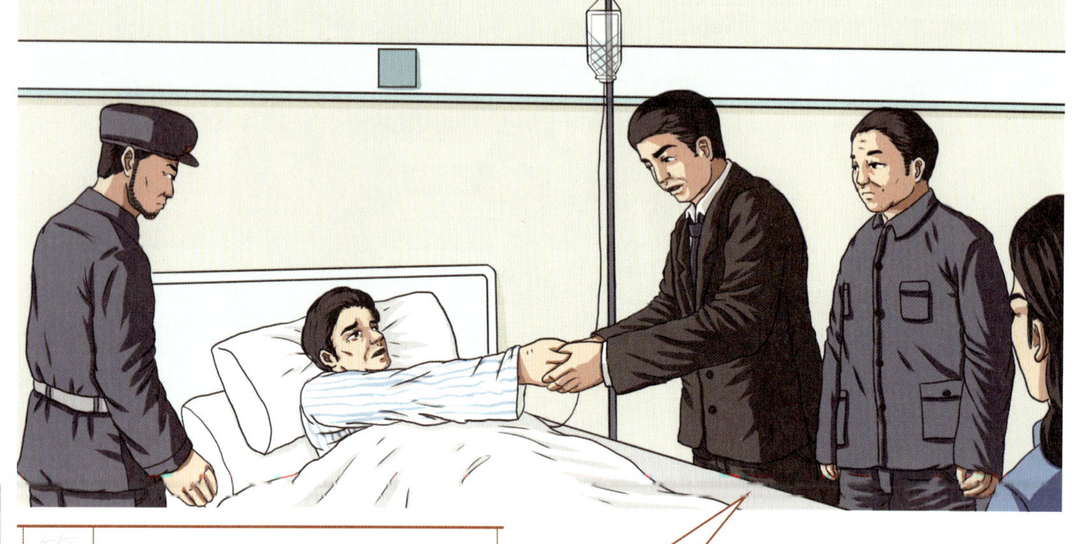

第三个故事

苏兆征的遗嘱

回到上海后，他立即投入了紧张的战斗，终因劳累过度，病情恶化。当向忠发、周恩来、李立三、邓小平、邓颖超等人赶到医院时，处于弥留之际的苏兆征留下遗言，溘然长逝。

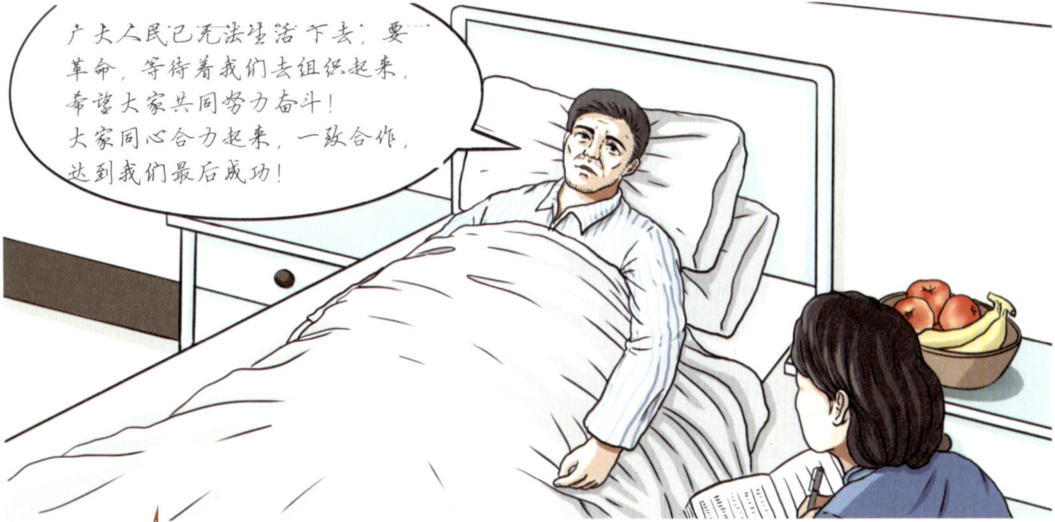

广大人民已无法生活下去，要革命，等待着我们去组织起来，希望大家共同努力奋斗！
大家同心合力起来，一致合作，达到我们最后成功！

中央档案馆里有一份苏兆征遗嘱，遗嘱记录人：邓颖超，上面有邓小平同志的批注。年仅 44 岁的中共党员在生命的最后时刻想的是人民和革命斗争的成功。

第三个故事 苏兆征的遗嘱

党和人民不会忘记苏兆征英勇、奉献的一生。2009 年 9 月 14 日，苏兆征被评为“100 位为新中国成立作出突出贡献的英雄模范人物”。淇澳岛上的苏兆征故居陈列馆，前来瞻仰的人们络绎不绝。

No.4 第四个故事

死可以变节不行

杨匏安

中国传播马克思主义先驱之一

第四个故事 杨匏安 死可以，变节不行！

1931年，因叛徒出卖，杨匏安在上海被捕。蒋介石亲自连写两封劝降信，还派国民党要员来劝降。面对威逼利诱，杨匏安严词拒绝："我从参加革命开始，早就把生死置之度外，死可以，变节不行！"

这一次被捕后，杨匏安就抱着为党献身的决心。他写下了诗作《示狱友》，表达对党的坚定信念。

一个月后，在上海淞沪警备司令部白云观监狱内，年仅 35 岁的杨匏安被国民党反动派秘密杀害。

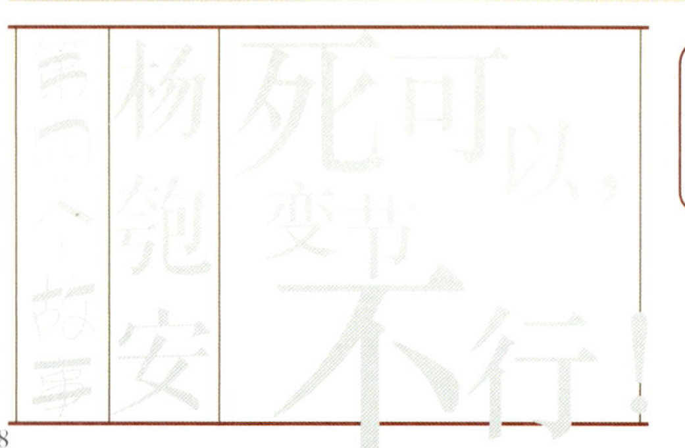

1896 年，杨匏安出生于珠海南屏北山村，幼年丧父，靠母亲的手艺维持生活。杨匏安从小就在母亲膝上跟着她诵读诗词古文，是村里的神童。在村里读完小学后，他考入广州的中学，毕业后回乡任教，因为揭发校长贪污，反被诬陷入狱。

第四个故事 杨匏安 死可以，变节不行！

这次冤狱让杨匏安看清了旧社会的黑暗与腐朽，为寻找救国真理，1915 年，他随同华侨商人乘舟东渡，到达日本横滨。在艰难的生活环境下，他经常饿着肚子坚持学习，如饥似渴地研读有关西方各种流派新学说的日文书籍，并接受了马克思主义思想影响。

归国后，杨匏安潜心研究马克思主义，发表了《马克思主义》《社会主义》《共产主义》等文章，对马克思主义的基本原理做了较为系统的介绍，是中国传播马克思主义的先驱之一，也是中国共产党早期优秀的理论家和革命活动家，与李大钊并称“北李南杨”。

死可以，变节不行！
杨匏安

1921年春，杨匏安加入了中国共产党，成为广东党组织最早的党员之一。杨匏安入党后，他的家——广州杨家祠成了党的活动据点。他办起了注音字母训练班，为党的活动作掩护，党早期的许多会议都是在这里召开的。

1922年，杨匏安开始从事工人运动，深入广州石井兵工厂和广三铁路、广九铁路以及粤汉铁路工人之中宣传革命道路，启发他们反对压迫、剥削的革命觉悟，并从中培养、吸收了一批铁路工人入党，逐步建立了广三、广九、粤汉三铁路的党支部。

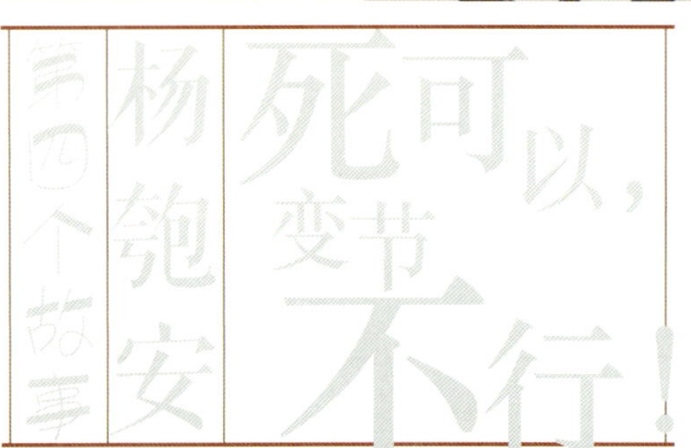

1923 年冬，杨匏安在黄沙开设了北江商运局，承运货物，利用滇军押运，以掩护党在粤汉铁路工人中的活动并为党筹措经费。

1925 年，省港大罢工爆发，大批香港工人回到广州参加罢工，杨匏安精心安排经费，保证工人们的基本生活，消除了他们的顾虑，保障罢工运动的顺利推进。

港英当局四处搜捕罢工领导人，杨匏安被捕入狱，整整被关押了50天。

1927年4月至5月，杨匏安出席在汉口召开的中共五大。不久，汪精卫在武汉发动了反革命政变，杨匏安又参加了中共中央召开的八七会议。

西洋史要
王纯一编译
上海
南强书局版
1930

1929 年，党组织安排杨匏安到上海的党中央机关从事报刊出版工作，他编译了 20 多万字的《西洋史要》，介绍了西洋史和国际共产主义运动史。

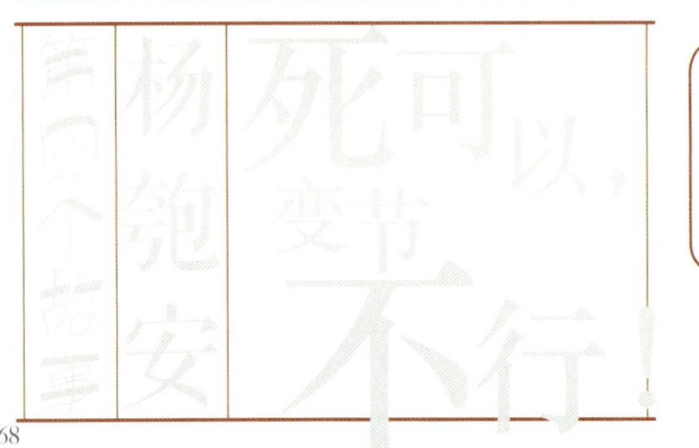

1930年，党的印刷机关遭敌人破坏，杨匏安又一次被捕关押8个月，但他一直没有暴露身份，后经周恩来同志组织大力营救才获释。刚出狱，他就不顾安危立刻投入到革命工作之中。

第四个故事

杨匏安

死可以，变节不行！

白色恐怖下的上海，党的经费十分紧张。身患肺病的杨匏安白天工作晚上写作，还要推磨做米糍让母亲和孩子上街售卖，同时为党传递信息。牺牲前，他托人带出一封信给家人，说他难免为革命牺牲，告诫家人不可接受不认识之人的任何资助，若实在没办法就回老家，并特别嘱咐：千万别把缝纫机卖了，那是全家今后生活的依靠。

一面农民自卫军军旗

廣東全省農民協會

會員證

第五个故事
一面农民自卫军军旗

中国国家博物馆收藏着一面来自珠海上栅的旧旗帜，这面旗帜就是大革命时期中山县第六区上栅乡（今珠海市唐家湾镇上栅）农民自卫军军旗。

1924 年，广东农民运动蓬勃发展，在香港谋生的黎炎孟回广州参加了农民运动讲习所，不久后加入共产党，发动农民运动。

1925 年，黎炎孟来到上栅地区挨家串户宣讲革命道理，启发农民的斗争觉悟，筹建农民协会。

1926 年上栅乡农民协会在卢公祠内成立，革命力量迅速壮大，很快就拥有 380 多名会员。

减租减息、取消苛捐杂税，农协领导农民打倒土豪、劣绅，再也不受他们欺凌。

农协办起了“农民夜校”，讲授“平民千字课”，提高农民的知识水平和思想觉悟。

第五个故事

一面农民自卫军军旗

为了保卫农民革命的成果，共产党领导农协组织起了农民自卫军和义勇队。

上栅乡农民自卫军积极支援其它乡的抗击反动民团的斗争，保护劳苦大众的利益，受到农民们的爱戴和支持。

1926年底，国民革命军挥师北伐，上栅民团在国民党当局的支持下趁机反攻倒算，逮捕、暗杀、袭击农民自卫军的骨干。

1927年2月，民团局纠集起一支武装，突袭上栅乡农民自卫军。

双方发生激战，战斗中，上栅乡农民自卫军队长卢国民当场牺牲，10余名队员被捕后惨遭杀害。

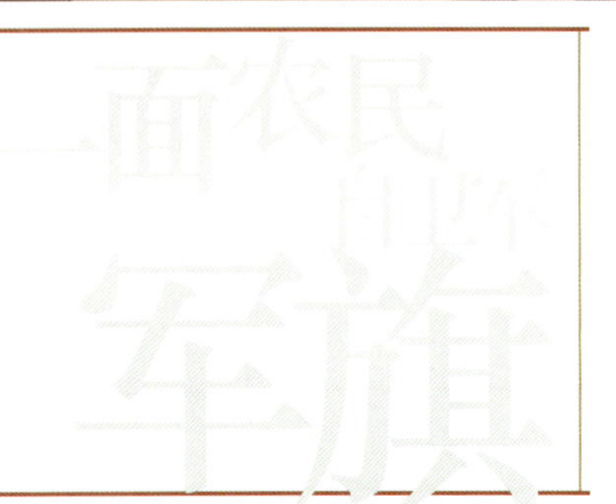

血雨腥风中，自卫军力量虽然受到严重摧残，但是很多自卫军成员成为后来共产党开展武装斗争的基本力量。

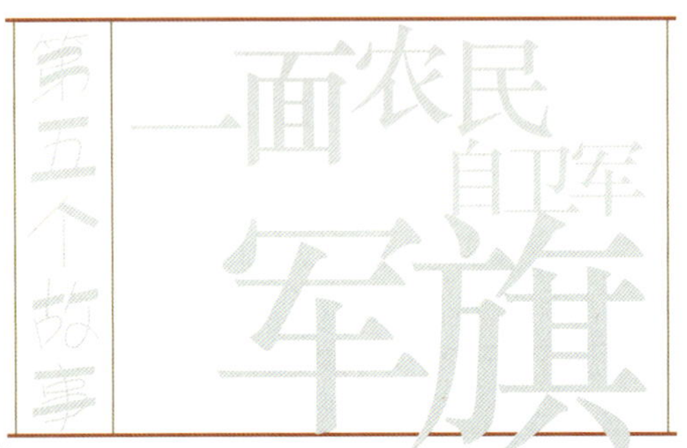

当年全体农民自卫军成员的合影，至今保存在中国国家博物馆。

张玉阶声震新加坡法庭

第六个故事 张玉阶 声震新加坡法庭

1928年2月，在新加坡的法庭上，一个中国人连续大声高呼“打倒帝国主义”，引起法庭内一片叫好之声，这个人名叫张玉阶。

1894 年 8 月 9 日，张玉阶出生在珠海南屏一个贫寒人家。幼时的张玉阶没有机会上学，但他求学心切，经常向同伴及塾师问字，塾师见他求知不倦，就义务教他读书识字。

第六个故事

张玉阶

震声新加坡法庭

为了维持生计，16岁的张玉阶随父亲到香港太古轮船工作。在“俄国皇后”号轮船上，他遇到前往日本的孙中山，聆听了孙先生的演讲。在革命思想的影响下，他加入了海员的革命组织“中华海外联谊社”，参加了同盟会，承担起运送武器回国的工作。

随外国轮船漂洋过海的张玉阶深受世界各国革命浪潮影响，特别是俄国十月革命的胜利，激励他投身于中国的无产阶级革命运动之中。回到广东后，张玉阶积极参加五四反帝爱国运动，参与广东人民反对桂系军阀莫荣新黑暗统治的示威游行，在经历了被捕入狱和重获自由之后，渐渐成长为一名坚定的革命战士。

1921年3月，张玉阶加入中华海员工业联合总会，参加了香港海员罢工。1924年6月，张玉阶由谢汝崧介绍，到广州沙面渣打银行担任管事。当时，沙面洋务工人遭到英法工部局的不公正待遇，张玉阶积极投身洋务工人运动。7月15日，沙面租界的洋务罢工爆发，英法当局迫于压力，取消了不公正条例，补偿了工人罢工期间的工资，罢工取得胜利。

1925 年，经过多次罢工斗争锻炼的张玉阶，由谢汝崧介绍加入中国共产党，成为中共广州沙面洋务支部的一员猛将。随后的两年多时间里，他在党组织的安排下，往返于武汉、上海、广州、香港等地，参与组织各地工人运动，为反帝爱国事业四处奔走。

1927 年八七会议后，经广东省委书记张太雷安排，张玉阶被派到南方局委员兼广东省委委员杨殷身边，为筹备中的广州起义做秘密联络、传达任务等工作。

1928 年 1 月，张玉阶奉中共香港党组织的指示赴新加坡执行特殊任务时不幸被叛徒出卖，遭新加坡殖民当局逮捕。党组织雇请了新加坡最著名的英籍律师为其辩护。

张玉阶震声新加坡法庭

1928 年 2 月，新加坡殖民当局开庭审判张玉阶。

面对法官的种种刁难、盘问和诱导，张玉阶正义凛然。

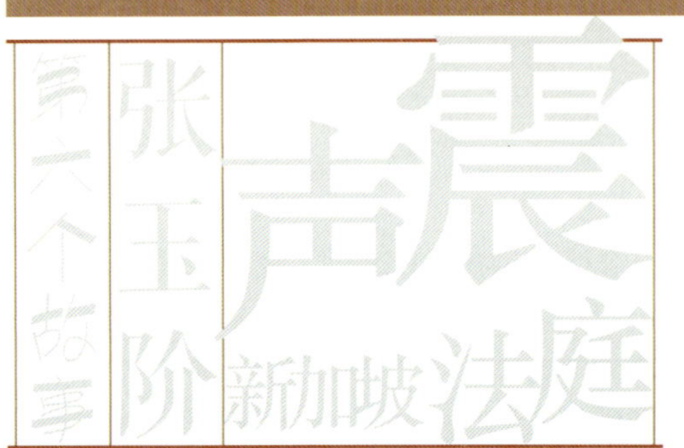

辩护律师向法官解释说张玉阶有精神病，张玉阶说：“我没有精神病！”法官威胁每喊一句口号加刑半年，更激怒了张玉阶，他连续高喊“打倒帝国主义！”旁听的华侨纷纷盛赞他“有中国人的骨气”。英殖民当局为了维护法庭“尊严”，杀一儆百，以莫须有的罪名宣判张玉阶无期徒刑。

张玉阶入狱后，他的妻子带着两个孩子回到南屏，四处打短工，艰难过活。国民党反动派为了得到张玉阶的革命证件和组织关系证明，对她进行残酷折磨，致使她患上了不治之症，但她始终回答“不知道”，以大义凛然的革命精神保护了张玉阶革命党人的身份。

第六个故事 张玉阶声震新加坡法庭

第六个故事 张玉阶 震声新加坡法庭

1941年底，日寇侵占新加坡，强迫张玉阶等“政治囚犯”进山开荒种粮。张玉阶组织狱中难友坚持反抗，最终牺牲在日寇的屠刀之下，终年48岁。

珠海第一个党支部

革命活动联通粤港澳

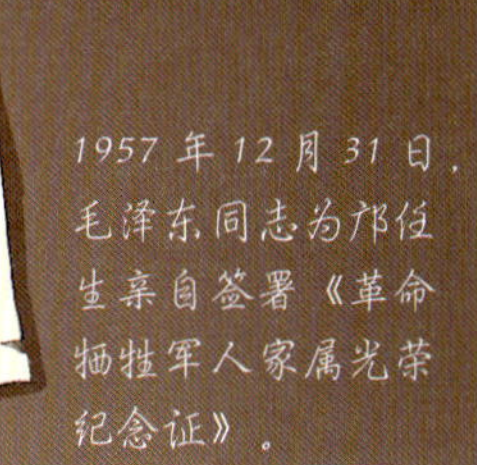

1957 年 12 月 31 日，毛泽东同志为邝任生亲自签署《革命牺牲军人家属光荣纪念证》。

第七个故事 珠海第一个党支部

邝任生一生短暂，但他的革命足迹遍布广东、香港、澳门等地，是“追求真理，实践真理”的一生。他创建的地方党组织和革命队伍意志顽强，善战敢斗，被敌人视为“最难对付的赤色分子”。

1911年，邝任生出生在珠海斗门小濠涌田岩村。从小热爱学习的少年在本乡读完小学后，为求新知，赴广州求学。在广州知行中学和培正中学就读期间，邝任生不仅学业优秀，还如饥似渴地钻研社会科学，开始接触马克思主义，并结识了共产党人陈杰，逐步走向革命的道路。

第七个故事 珠海第一个党支部

第七个故事

珠海第一个党支部

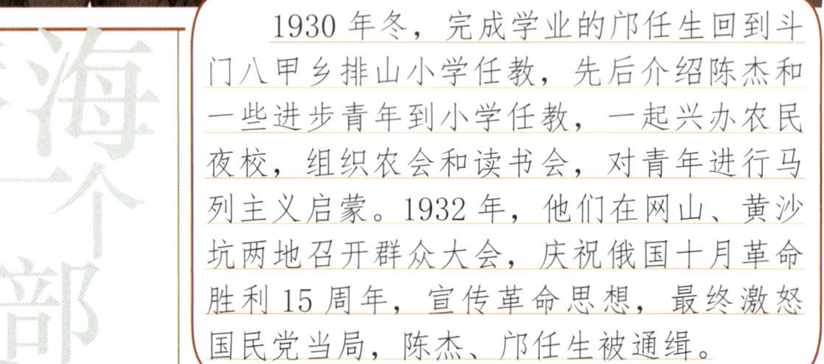

1930年冬，完成学业的邝任生回到斗门八甲乡排山小学任教，先后介绍陈杰和一些进步青年到小学任教，一起兴办农民夜校，组织农会和读书会，对青年进行马列主义启蒙。1932年，他们在网山、黄沙坑两地召开群众大会，庆祝俄国十月革命胜利15周年，宣传革命思想，最终激怒国民党当局，陈杰、邝任生被通缉。

1933年，邝任生脱险后入读广州航海学校，并在那里成立了共产主义同情小组。航校毕业后，邝任生到永福舰实习，利用来往港穗之机，经常带回进步刊物，寄给家乡的同学阅读。

第七个故事

珠海第一个党支部

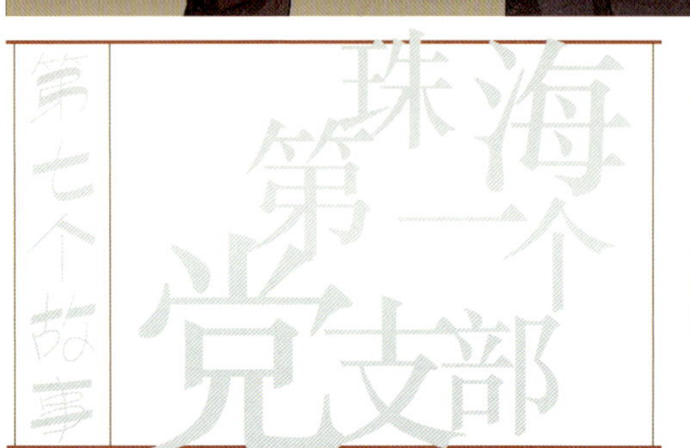

1934年春，邝任生回到小濠涌，在健民小学任教，向学生传播进步思想，编写进步歌曲。他创办《青年月刊》，揭露国民党的黑暗统治，反对封建思想，宣传五四运动以来的新思想、新文化。

1936年春，邝任生在健民小学成立了“青年社”，吸收各乡进步青年参加，健民小学成为当地青年运动的中心，不久，在陈杰的介绍下，邝任生加入了中国共产党。

自此，他决心把家乡建成一个革命堡垒，把建立党组织作为自己的任务。1937 年，已经是共产党员的邝任生将青年社扩展为“八区青年社”，将《青年月刊》改名为《八区青年》，开展马列主义宣传，揭露国民党政府的腐败以及土豪劣绅压榨农民的罪恶。

1937年，卢沟桥事变后，邝任生积极在进步组织中物色培养入党对象。他发起成立了中共小濠涌党支部，出任党支部书记。这是八区的第一个党支部，也是珠海最早的党支部。邝任生在斗门地区先后发展了36名党员，建立了7个党支部和1个党小组，播下了革命的火种。1938年，邝任生任中共中山县委委员、青年部长，中共中山县八区委员会书记。

第七个故事

珠海第一个党支部

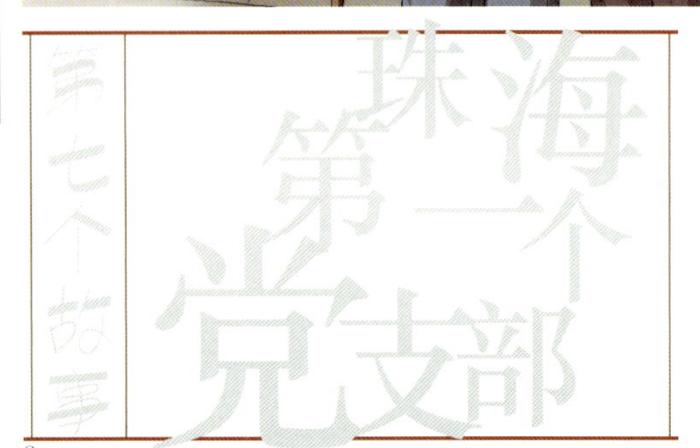

邝任生加入了最早的八区民众抗日武装——抗日民众自卫团第28大队，开展敌后武装斗争和群众性的抗日救亡运动。他还先后选派了7名有一定文化基础的党员赴延安抗日军政大学学习，为八区革命事业培养党政军干部。

在八区党委的领导下，先后有11个乡1000多人参加“抗日先锋队”，8个乡300多人参加“妇女协会”，还有大刀会、锄奸队等群众抗日组织，是当时中山县各区中发动面最广、人数最多的地区。

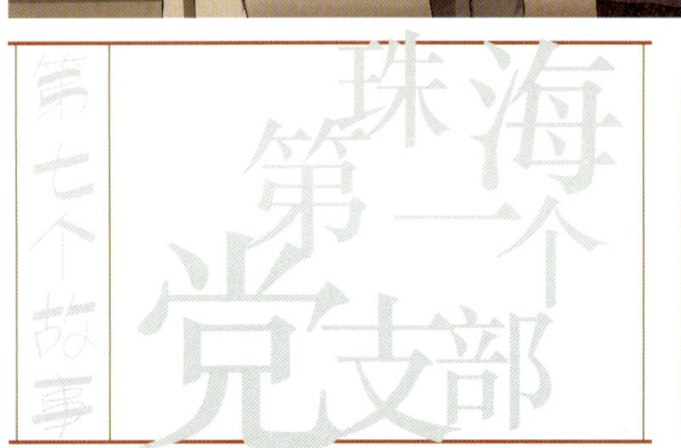

1939年秋，邝任生被派往澳门，担任中共澳门工委书记。他专心做好党的工作，广泛接触澳门各界人士，发动澳门民众救国救民。在他周密细致的宣传、鼓动下，澳门“四界”救灾会多次派出服务团回到东江、西江、北江、珠江三角洲等地，参加抗日救亡活动。

1940年初，组织上又调邝任生前往香港，担任中共香港工委宣传部长。此时正值国民党反共高潮，白色恐怖笼罩大地。邝任生成功打入“大观影片公司”，并将自己的小说《千金之子》改编拍摄上映，电影极大地鼓舞了香港人民的爱国热情。他又介绍周扬、夏衍等一批共产党员进入“大观”，秘密成立党支部，出色完成了党组织交办的各项任务。

第七个故事

珠海第一个党支部

1941年春，党组织安排邝任生返回内地，出任中共顺德工委书记。他的夫人，共产党员冯平也一起来到顺德，在一所乡小学任教，以掩护邝任生的工作。1942年，邝任生又担任中共南（海）番（禺）中（山）顺（德）县委宣传部长。除了宣传动员，邝任生还给游击训练班授课，输送进步青年和中共党员进入部队，密切配合武装斗争。

1942年3月25日，日军开展春季大扫荡，邝任生正在顺德林头乡一名地下交通员的家里主持对敌斗争秘密会议，妻子冯平抱着出生才9个月的小冬英在门外望风。突然，日军进村搜索，邝任生赶紧疏散同志们，快速烧毁文件，在屋前的蔗尾堆里藏匿起来。

日本兵见屋里“空无一人”，就用刺刀对着蔗尾堆乱捅乱插，邝任生不幸被刺中。被捕后，邝任生对党的机密守口如瓶，坚贞不屈，壮烈牺牲，年仅31岁。

南屏抗日先锋队

第八个故事

南屏抗日先锋队

1938 年的一天早晨，日军派了几只橡胶艇企图在珠海南屏一带登陆。得知消息后，南屏抗日先锋队队长郑汝森马上组织队员赶赴敌人的登陆点，与边防军一起，用土枪土炮打得日军仓惶逃走，取得了南屏地区军民首次打败日本侵略者的胜利。

南屏抗日先锋队是广东青年抗日先锋队的分支。1937 年卢沟桥事变后，日军为了切断经由香港、广州向内地输送抗日物资的线路，开始骚扰广东沿海地区。由于珠海地处海疆的重要战略位置，日军不仅派出先遣舰队在唐家至九洲洋海面巡查，1937 年 8 月，日军还侵占了荷包岛。为了组织民众抗日队伍，1938 年 1 月 1 日，广东青年抗日先锋队在广州成立。

南屏抗日先锋队

第八个故事

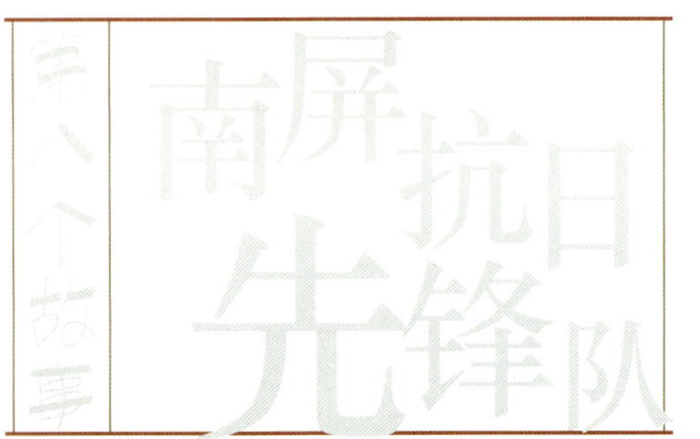

1902 年，郑汝森出生在珠海南屏镇。6 岁时父亲因病去世，母亲带着他跟随当私塾教师的外祖父生活，日子过得清贫艰难。在两位参加革命的堂叔的影响下，郑汝森逐渐成长为一名革命斗士。

1920年，18岁的郑汝森在家乡香南小学教书。第二年，他动员一批热心于教育事业的进步教师在村里的小祠堂一起创办“志仁小学”，出任校长。他十分关爱贫穷人家的孩子，有教无类、教学创新的办学理念深受村民认可。随着学生人数的不断增加，学校迁到面积更大的祠堂，这也是后来南屏抗日先锋队的秘密据点。

第八个故事 南屏抗日先锋队

为了更好地宣传革命思想，传播革命火种，郑汝森在师生中组织了一支宣传队，自编自导话剧，宣传爱国主义思想。同时，志仁小学与外界交流频繁，常有澳门足球队、陶英小学乒乓球队、澳门前锋剧团、绿光剧团等到此开展比赛和演出。

九一八事变爆发，郑汝森义愤填膺，带领志仁小学、造贝小学师生积极投入抗日游行等爱国运动。七七事变后，郑汝森加入教师联合会，利用教学机会，在造贝、南屏小学成立抗日宣传队，组织全乡青年成立抗日救亡后援队，除学生外还吸收社会上的爱国人士、知识分子参加。

他教唱革命歌曲，导演《放下你的鞭子》《怒吼》等抗日剧目，到南屏、翠微、前山、湾仔、三乡、坦洲等地演出，借助文艺的力量激发群众的抗日热情。

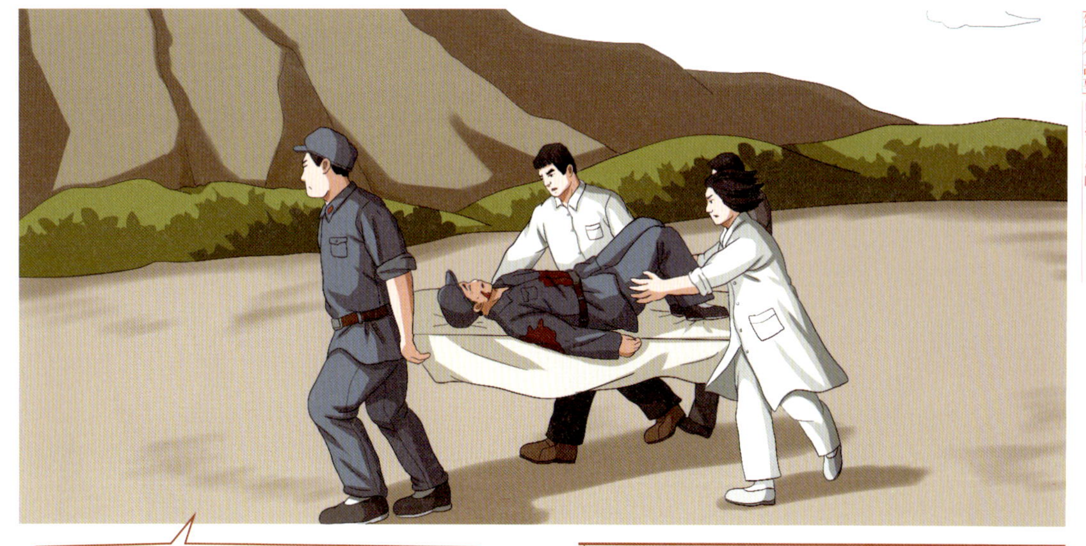

随着南屏抗日救亡后援队不断壮大，根据形势发展改组为“抗日社训队”，郑汝森任队长。他建立救护队，充分发挥群众抗日力量，团结一致抗击日本侵略者。

南屏抗日先锋队 第八个故事

第八个故事

南屏抗日先锋队

1938年，郑汝森光荣地加入了中国共产党。入党后，他的共产主义信仰更加坚定，保家卫国的使命感让他废寝忘食地工作。1939年下半年，南屏成立了党支部，郑汝森任党支部书记，积极做好发展党员工作，介绍一批南屏革命青年入党。

日军占领三灶岛后，经常派飞机到湾仔、南屏等地区骚扰和轰炸，郑汝森组织队员到前线抵抗敌人和救护伤员。任南屏乡副乡长期间，他向港澳爱国同胞筹集了一批枪支弹药，对3门旧土炮进行改造，在造贝庙仔修筑防御工事，安置土炮，防御日军入侵。

第八个故事 南屏抗日先锋队

1939年5月，根据县委指示，南屏抗日社训队全体队员集体加入广东青年抗日先锋队，成为中山县抗日先锋队第五大队，队伍发展到200余人，下属3个中队和北山、造贝两个独立中队，郑汝森任大队长。他还将学生组织成南屏少年抗日先锋队，团结教育群众一同抗日。

在南屏党支部的领导下，在抗日先锋队、少年抗日先锋队的基础上，郑汝森筹办妇女协会、大中学生读书会和平民夜校等群众组织。1940年初，南屏沦陷，南屏抗日先锋队由公开转入地下，隐蔽开展活动，环境更加艰苦恶劣。

郑汝森白天教学，晚上与抗日先锋队的地下党员秘密开会。他很少休息，很多时候只是在课桌上趴着睡一觉，第二天继续工作。

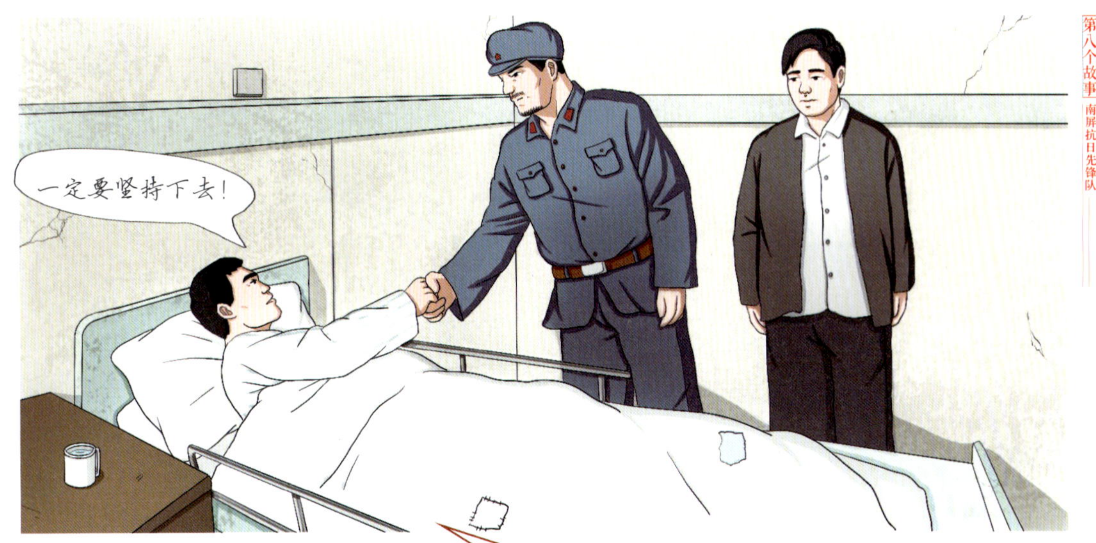

长期高强度工作，积劳成疾，郑汝森患上了皮肤病和严重的肺病，卧床不起。1940年7月，郑汝森在南屏乡逝世，年仅38岁。临终前，他不忘叮嘱队员：“一定要坚持下去……”

第八个故事 南屏抗日先锋队

第八个故事 南屏抗日先锋队

走进南屏镇，踏上石板街。南屏镇西大街8号就是郑汝森居住过的地方，它的对面是南屏爱国主义教育基地·南屏抗日先锋队旧址，革命斗士的精神和思想，依然在这里流传，激励着一颗颗年轻的心。

No.9 第九个故事

“桂山舰”抢滩桂山岛

桂山岛·万山海战

第九个故事 万山海战 "桂山舰"抢滩桂山岛

1950 年 5 月，海南岛全境解放，国民党军队退缩至广东沿海的万山群岛，尚有第 3 舰队舰船 5 艘、艇只 30 余艘，陆战队 1 个团，地方部队"广东突击军"1200 余人。防卫司令部设在垃圾尾岛，企图依靠所谓"海上优势"阻止我军渡海登陆，妄图将其作为策应和反攻的基地。万山群岛就像一块毒疮，搅扰往来海上的军民。

我军部队以44军第131师为主，广东军区江防部队和部分炮兵、舰艇部队配合，总兵力万余人，舰艇、船只24艘，但全部舰船中状况最好的仅为一艘装有两座40毫米口径火炮的美制步兵登陆舰“桂山舰”，设备简陋陈旧。舰船人员大多来自陆军，缺乏海战经验。在敌我极为悬殊的情势下，我军取攻势，制定逐岛攻击、依岛攻岛、突袭的战法，寻求“早打快打”。

第九个故事 万山海战 “桂山舰”抢滩桂山岛

第九个故事

万山海战 "桂山舰"抢滩桂山岛

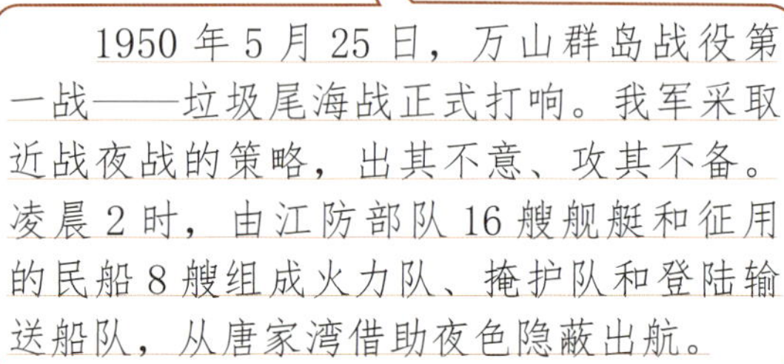

1950年5月25日，万山群岛战役第一战——垃圾尾海战正式打响。我军采取近战夜战的策略，出其不意、攻其不备。凌晨2时，由江防部队16艘舰艇和征用的民船8艘组成火力队、掩护队和登陆输送船队，从唐家湾借助夜色隐蔽出航。

由于航海、通信设备不全和缺少经验，火力船队之间失去联系，与输送船队之间也互不照应。凌晨4时，我军第一艘小炮艇“解放号”抵达垃圾尾海区，指挥员发现垃圾尾岛马湾口内停泊的舰艇超出预估，多达二三十艘，但作战计划已经开始，为了全局，还是下令冲了进去。

随后，我军“桂山舰”及时赶到，果断向敌军舰群开炮，先后击沉一艘敌运输船、一艘炮艇，重伤两艘舰艇，其余舰艇急忙起锚，从浓烟中向外逃窜。

战斗持续到天亮时，敌军发现我军仅有一艘小炮艇和一艘炮舰，集中火力疯狂反扑，“桂山舰”指挥台中弹起火。郭庆隆副团长一面命令全体指战员紧急救火，一面沉着指挥应战。

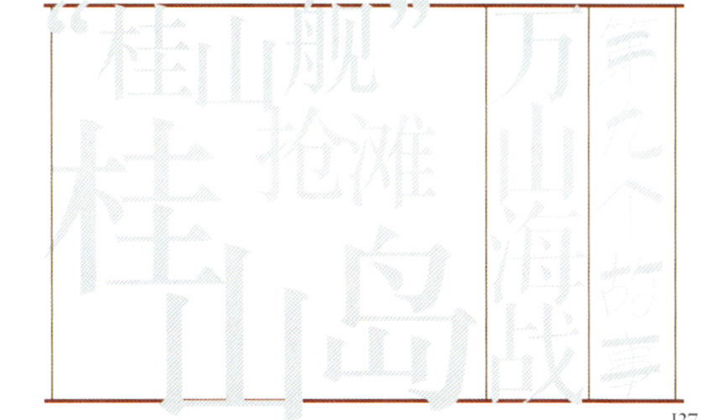

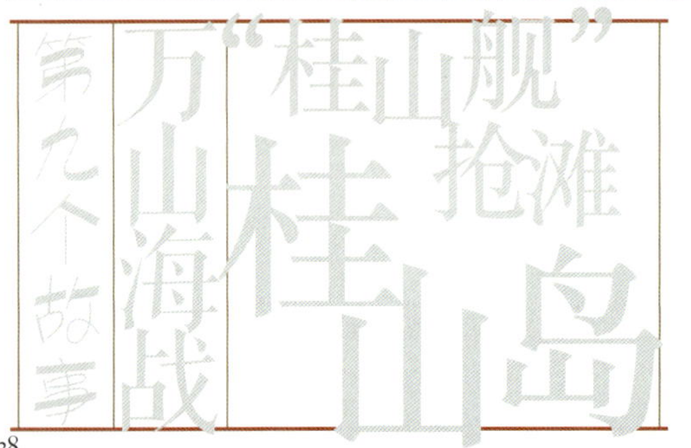

敌军火力增强，“桂山舰”人员伤亡不断增多，战情紧急。“桂山舰”冒着强大炮火，劈波冲向海湾滩头，身负重伤的江防舰队副政委曹志友与副营长程广壁指挥炮兵继续作战，剩下的50多名轻伤员带上轻武器，跳上海滩冲到岸边与敌展开血战。

郭庆隆副团长大腿受伤，鲜血浸透了裤腿，仍然坚持跪在船头，用机枪向冲上来的敌人猛烈射击，一边指挥一边高喊，激励将士奋勇冲锋，抢滩登陆，直至壮烈牺牲。

第九个故事

万山海战

“桂山舰”抢滩桂山岛

经过血战，我军52位指战员突破敌军防御登上了垃圾尾岛。登岛小分队与岛上的守敌激战。敌军狼狈溃退，但紧接着他们组织了第三次反冲锋，最后增至九个连的兵力。战斗一次比一次惨烈，双方力量悬殊，大部分登陆的将士在激战中牺牲，但敌人的伤亡更大，匆忙将其陆海军主力撤至外伶仃岛、三门岛及担杆诸岛。

国民党受伤军舰撤回台湾，补充其他军舰。5 月 30 日，4 艘敌舰炮击三角山，以三门岛、外伶仃岛为基地，接连两天向解放军占领的各岛猛烈炮击，却没料到我军在三角山布置了 20 多门远程火炮进行还击。

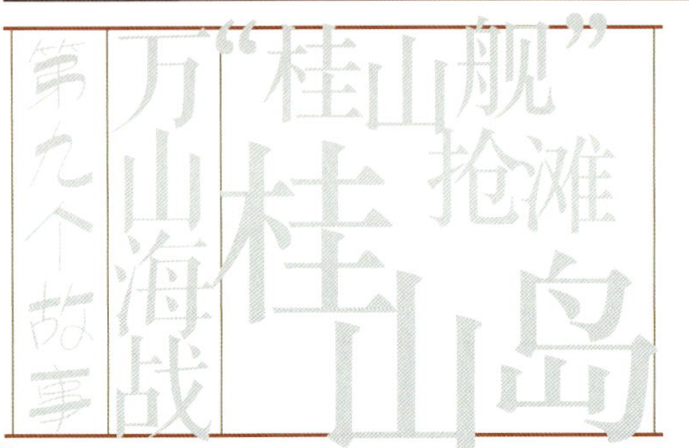

我军后续部队逐岛攻击、依岛攻岛，在异常艰苦的环境里与敌军持续战斗 72 天。岛上遍布毒蛇和蜈蚣，前线指挥所设在山洞里，只能用门板铺在地上作床，在黑夜里打蛇、打蜈蚣成了常事。

这是刚捕的鱼。

真是太好了！
太感谢了！

我军战士们风餐露宿，后方供给常被敌军封锁，热心的渔民们不顾个人安危，送来鱼充饥。

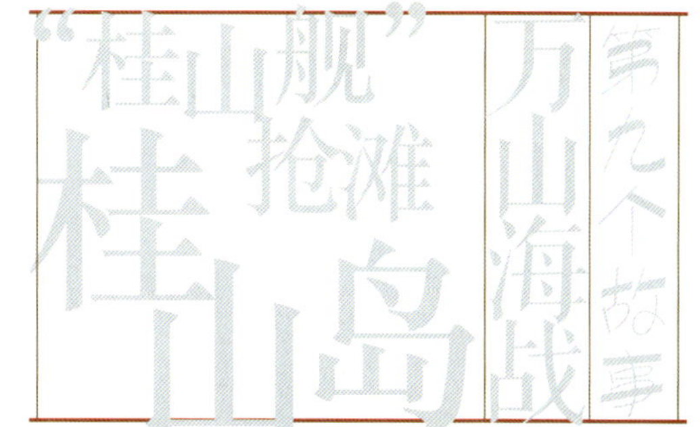

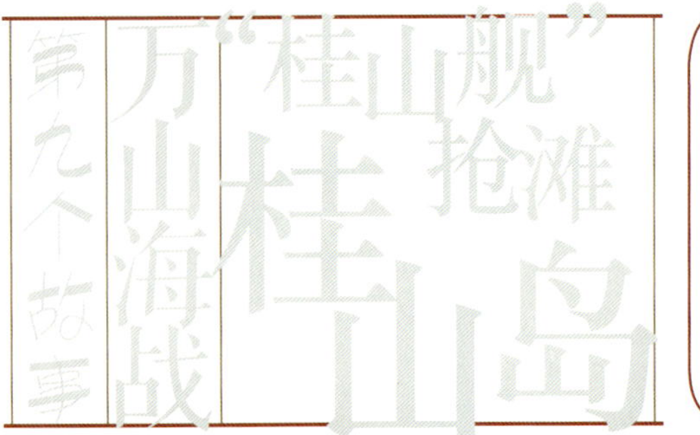

8月3日，我海军运送陆军在担杆岛强行登陆。8月4日，垃圾尾岛解放，万山海战取得胜利。万山海战是新中国成立后的第一次大型海战，毛泽东主席电令嘉奖。英雄们用鲜血和生命肃清了敌军残余。1954年3月，为纪念烈士们，垃圾尾岛改名为“桂山岛”。

冲啊！

冲啊！

No.10 第十个故事

刀笔人生

古元 革命艺术家

第十个故事 刀笔人生 革命艺术家 古元

1919年，古元出生在珠海那洲村。村里有很多祠堂，古元对祠堂里的壁画着迷，他总是一幅一幅壁画看，拿竹子或者草根在地上模仿着画。

在广州广雅中学期间，古元坚持绘画，掌握了扎实的绘画功底。抗战爆发，古元停学回乡，在一所小学任代课老师，却从未放下画笔，常外出水彩写生。古元很爱国，创作的宣传画张贴在村头，抗日队长谭福鑫看到后找到古元，推荐他去延安。

我曾是流亡的农民，革命让我获得新生。

1938 年夏，19 岁的古元行了人生第一个军礼，踏上了去延安的路。一路上，对延安和未来的憧憬，填满了年轻的古元的心。

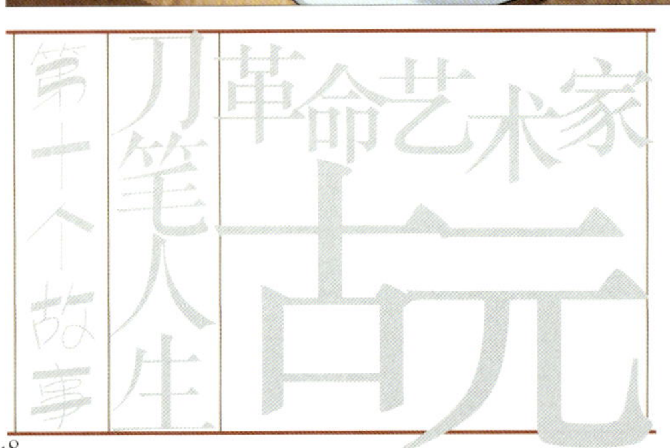

走向自由！

开启古元刀笔生涯的第一套木刻连环画《走向自由》创作于1939年的延安，主人公正是护送古元一行人从西安去往延安的这位八路军战士。古元从此走上了现实主义的创作道路。

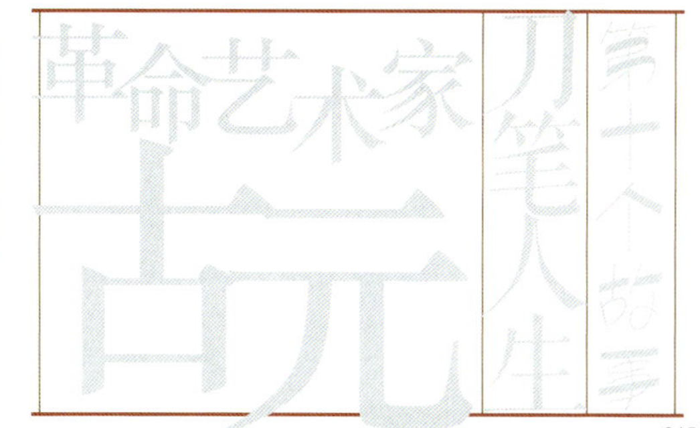

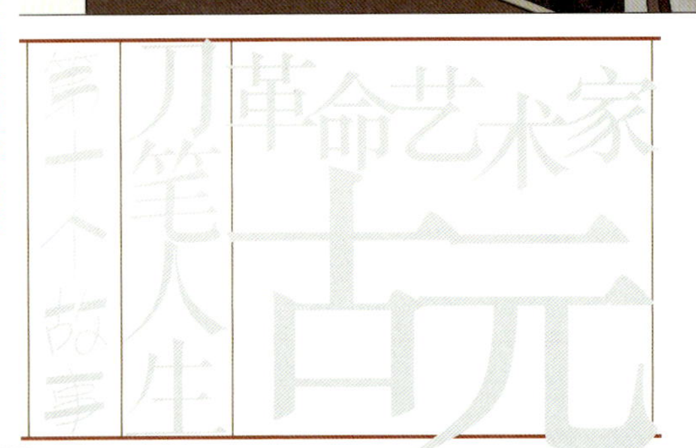

在革命的圣地，在精气神最蓬勃的年岁，古元的创作激情满溢，开启了贯穿一生的版画创作。来到延安的第二年，古元就成了鲁迅艺术学院美术系的学生，正式学习木刻。

走出学校的古元，又一次走上了革命之路。这一次，是奔赴解放区，他到了只有一个人识字的川口区碾庄乡担任文教委员兼文书。他住进窑洞，每天绘制识字画片，持续一个多月，乡亲们便认识了几十个字。

乡亲们把积攒的画片贴在墙上，朝夕学习欣赏。古元深切感受到乡民们对家畜的喜爱，创作了《牛群》《羊群》《铡草》《家园》。此时的古元，已摆脱西方木刻影响，展现出极富感染力的艺术个性。

老乡，你好啊！

火热的生活和老乡们质朴的审美，让古元找到了全新的艺术语言，迈入创作黄金期。古元用对平凡乡村生活和农民的热爱，以堪比纪录片的真实，描画出延安生活的无数动人瞬间。对生活的极致观察和日臻成熟的艺术功力，在《结婚登记》《运草》等作品中清晰可见。

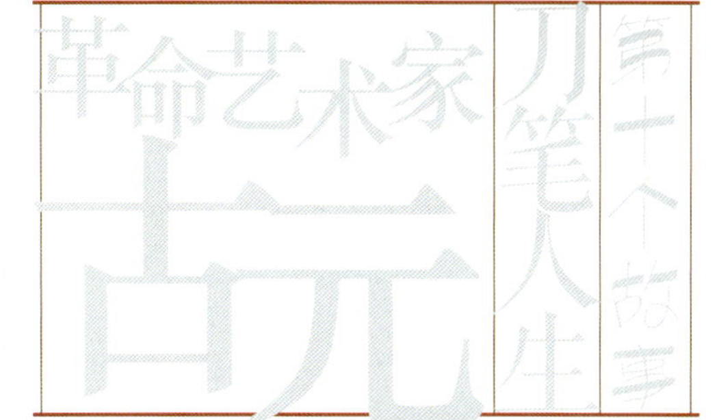

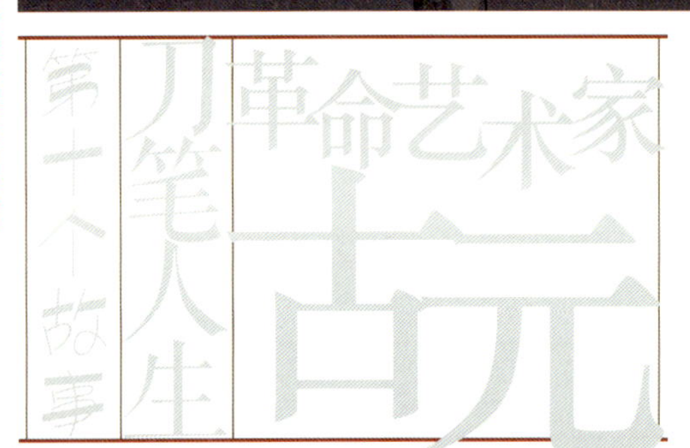

1941年，古元回到鲁艺，执笔为枪不停歇，题材更加丰富，风格愈发多元。1943年春，古元和刘建章、诗人艾青随运盐队到三边体验生活，版画中更多出现了军旅题材。期间，受陕北窗花的启发，以剪纸的形式刻了《窗花》24幅。

从背部如此传神地描绘出一个场景是很难的，而且第一次看到用平静和谐来表现解放区，让人心向往之。

古元尤其擅长刻画战争的背后，用残酷的背影反衬对美好的渴望。在 1942 年的重庆全国木刻展览会上，徐悲鸿在《铡草》前久久不舍离去，并买下了这幅作品，赞叹古元为“中国艺术界一卓越之天才”。

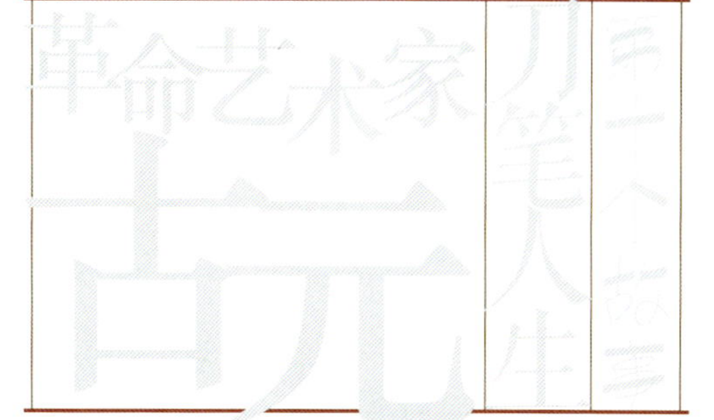

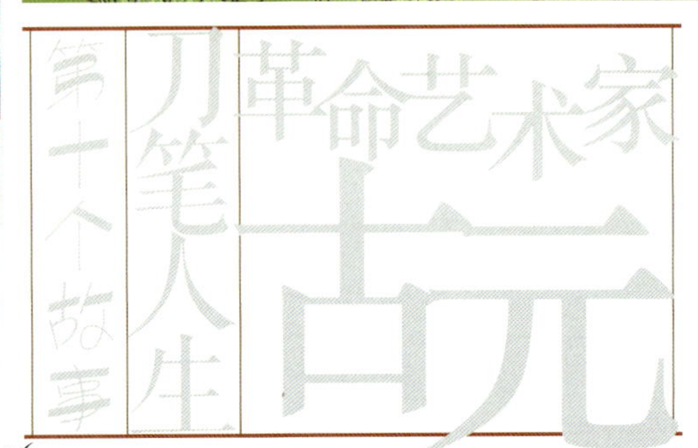

新中国成立后，古元的创作逐渐转向水彩，融入版画手法，描绘祖国和家乡的自然之美。创作于1956年的《内蒙古少女》中，古元用了水印版画的技法，作品充满着明丽、温暖的人性之美。

离家多年的古元，始终眷恋家乡的景色和乡音。1982 年，他带着女儿回到家乡，辗转各种水道，在等船的间隙，看见甘蔗林，感动不已。这场景，多年前就已成了作品《甘蔗林》。病重临终前的古元，用唐家湾方言唱民谣，唱得女儿潸然泪下。

2019 年是古元 100 周年诞辰。艺术家的一生，有惊心动魄，有艰苦卓绝，也有幸福平和，正如他的画作——充满温暖、力量和希望。

临终前，古元将自己的作品捐赠给了家乡的美术馆。今天，古元美术馆是珠海的艺术坐标。凤凰山下，古元版画的朴素之光穿透外墙的青藤，直射进每一颗敏感、艺术的心。茂林修竹中，艺术家的灼灼眼神，依然指引着一座城市的美学方向。

图书在版编目（CIP）数据

讲个故事给你听 / 珠海市委宣传部编. -- 北京 : 五洲传播出版社，2022.05

ISBN 978-7-5085-4760-2

Ⅰ. ①讲… Ⅱ. ①珠… Ⅲ. ①革命故事—作品集—中国—当代 Ⅳ. ① I247.81

中国版本图书馆 CIP 数据核字（2021）第 278394 号

讲个故事给你听

主　　编：中共珠海市委宣传部
出 版 人：关　宏
责任编辑：刘　波
装帧设计：厉　静
出版发行：五洲传播出版社
地　　址：北京市海淀区北三环中路 31 号生产力大楼 B 座 6 层
邮　　编：100088
发行电话：010-82005927, 010-82007837
网　　址：http://www.cicc.org.cn, http://www.thatsbooks.com
印　　刷：珠海市豪迈实业有限公司
版　　次：2022 年 5 月第 1 版　　2022 年 5 月第 1 次印刷
开　　本：787mm × 1092mm　1/32
印　　张：5
字　　数：10 千字
书　　号：ISBN 978-7-5085-4760-2
定　　价：58.00 元